完璧归赵

周功鑫　主编

目录

成语"完璧归赵"出自司马迁《史记》中的《廉颇蔺相如列传》。故事发生在战国时期，大约在公元前283年，当时秦昭襄王很想得到赵惠文王手上的宝玉"和氏璧"，派人向赵惠文王说，秦国愿意用十五座城池，换取赵国的这块宝玉。赵惠文王于是派足智多谋的蔺相如带着玉璧，前往秦国谈判。

在谈判过程中，秦昭襄王自恃人多势众，竟不谈十五座城池的事，想不付出任何代价，就把"和氏璧"据为己有。可是，秦昭襄王的诡计，被机智勇敢的蔺相如识破了。蔺相如不但化解了当时潜藏的战争危机，还把"和氏璧"完好无缺地带回赵国，维护了赵国的尊严。

◎ 战国时期：公元前 476 年至公元前 221 年。

赵武灵王是一位有雄才大略的国君，他在赵国实行"胡服骑射"，一下拉近了赵人与胡人的距离，政策一发布，便有胡人前来归顺。自此，赵国骑兵力量增强，国力大增。

赵武灵王的儿子赵惠文王是一位知人善任的君主。凭借父王打下的厚实基础，加上名臣良将的辅佐，他不断提升国力，令赵国成为东方的强国之一。

与此同时，西方的秦国也日益壮大。秦国野心勃勃，想一统天下，而赵国成为它向东进发的第一道障碍。

◎ 赵武灵王：生年不详，卒于公元前295年。

◎ 赵惠文王：生于公元前310年，卒于公元前266年。

7

仲秋八月，疾风吹来，鸿雁、燕子南归。赵国首都邯郸外城墙正进行修缮工程。远方商人和旅人纷纷赶到邯郸城，带来各地的奇珍异宝与商品。天刚亮，市集的大门才一开，邯郸城的居民就往市集涌入，争相抢购来自四面八方的著名特产。行人肩碰着肩，往来的马车络绎不绝，街道拥挤不堪，难以通行。邯郸城内外人潮汹涌，喧嚣热闹。

◎ 邯郸：今河北省邯郸市。

赵惠文王的宫殿高大宏伟，建筑富丽堂皇，气派威严，位于全城的最高点。一如往常，赵王站在宫殿的顶层回廊，居高俯视自己的王国。他望向远方，辽阔的平原映入眼帘，河流就像衣带般蜿蜒曲折。一条大道从北方连向王城。城内楼阁宅落鳞次栉比，街道纵横交错，万头攒动。

此时的赵王却陷入沉思。原来，秦国使者带来秦国的国书，明白表示秦昭襄王想用十五座城池来换取赵王手中的"和氏璧"。

"和氏璧"是稀世的宝玉，来历十分曲折。相传春秋时期，楚人卞和得到一块未加工的璞玉，他认定它是宝玉，曾向楚国两任君王献宝。没想到，君王认为这只是石头，认定卞和存心欺君，竟先后砍去他的一双腿作为惩罚。卞和后来又向楚文王（生年不详，卒于公元前677年）献宝，楚文王被他的执着感动，命令玉匠精雕细琢玉石，证实了卞和所言不假。楚文王于是以卞和的名字为宝玉命名，取名"和氏璧"。宝玉流传至战国时期的楚国将军昭阳（生卒年不详，活跃于楚怀王期间）手中，却在宴会上不翼而飞。数十年后，"和氏璧"竟然出现在赵惠文王的宦官总管缪贤家中。赵王知道后，从缪贤手中取得宝玉，珍藏在宫内。

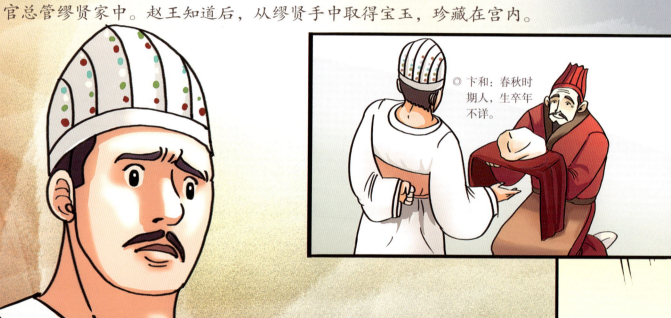

◎ 卞和：春秋时期人，生卒年不详。

赵王万万没想到，这块传奇的宝玉竟然会为赵国带来大麻烦。他想："秦王狡诈，怎可能用十五座城池交换'和氏璧'？如果把宝玉给了秦王，他要赖不给城池，该怎么办？"

转念又想："如果不给秦王，秦国以此为借口，派兵攻赵，岂不是更糟糕？"他左思右想，拿不定主意，决定召集群臣，商量对策。

◎ 秦昭襄王：生于公元前325年，卒于公元前251年。

◎ 春秋时期：公元前770年至公元前477年。

殿堂上，赵国群臣聚首一堂，针对秦王"用城池交换'和氏璧'"的要求展开讨论。大家意见不一，但总的说来，不外乎两种。一种是："该把'和氏璧'给秦国，换取十五座城池。"

另一种是："秦国奸狡，不会真心给赵国城池，还是不要交换好了。"讨论并没有结果。这时，赵王突然有一个想法，就是先派人去秦国探探路。他说："我决定从大臣中挑选一人前往秦国，见机行事。"群臣突然鸦雀无声，连大将军廉颇也低头不语。

这情境令赵王十分沮丧。突然，宦官总管缪贤站了出来，说："我门下的宾客蔺相如为人机智，我愿向大王推荐他。"赵王从未听过蔺相如的名字，问道："你怎么知道他有能力担当与秦国交涉的重任？"缪贤回答："大王可记得我向您献'和氏璧'的事？"赵王很疑惑："怎么他会和此事有关？说来听听。"

当时缪贤没有及时献上"和氏璧"，担心会被怪罪，计划逃到北方的燕国。蔺相如知道了，立即出言制止。

◎ 缪贤：生卒年不详，活跃于赵惠文王期间。

◎ 廉颇：约生于公元前321年，卒于公年前238年。

他问："您怎么肯定燕王会收留您呢？"缪贤说："我曾经跟随大王到边境与燕王会面。燕王私下拉着我的手，说想交我这个朋友。燕王如此看得起我，所以我想寻求他的庇护。"蔺相如说："赵国强大，燕国弱小，您又是赵王身边的红人，燕王当然想与您结交。现在情况却大不相同——您从赵国逃走，燕王收留您，不是要得罪赵国吗？我想燕王不但不会收留您，还会把您五花大绑送回赵国。不如您向大王请罪吧，说不定大王会饶恕您呢！"缪贤听从建议，果然得到赵王的赦免。缪贤对赵王说："经 过此事，我认为蔺相如有勇气、有智谋，应该是出使的合适人选。"赵王十分 认同，立刻召见蔺相如。

赵王问蔺相如："蔺卿家，你认为我们应不应该答应秦国用城池交换'和氏璧'的要求？"蔺相如回答："秦国国力强大，赵国位居弱势，因此不能不答应。"

蔺相如接着解释："秦国提议以城池来换宝玉，如果赵国不给，便是赵国理亏；如果秦国拿了宝玉，却不给赵国允诺的城池，那就是秦国的过错。衡量这两种情况，大王宁可答应给秦国宝玉，让秦国承担理亏的责任。"

◎ 蔺相如：约生于公元前310年，卒于公元前241年。

18

赵王追问："那我该派谁去完成这项任务呢？"蔺相如抬起头，看着赵王说："大王如果没有人选，我愿意捧着玉璧到秦国。假如秦王将城池给赵国，就把'和氏璧'留在秦国；城池若不能归赵国，我一定把'和氏璧'完整地带回来。"

蔺相如睿智的分析与果敢的言辞，令赵王精神为之一振。他深深感受到，站在眼前的是个充满能力和智慧的人。赵王立即下令封蔺相如为大夫，派他带着"和氏璧"西进秦国。

秦昭襄王听到赵国准备将他朝思暮想的"和氏璧"送来的消息，兴奋不已。不过，他并未按照礼仪在首都咸阳的宫城大殿上接见赵国使者，而是选城西南边的离宫——章台，作为会面地点。

这天，秦王高坐在台观上，身旁围绕着群臣与嫔妃。蔺相如入宫后，从箱匣中取出用锦袱包裹着的"和氏璧"，双手捧着，缓缓地走向堂上。蔺相如行过礼后，低着头，恭敬地向秦王呈上玉璧。

秦王连忙打开布帛，展现在他眼前的正是宝玉"和氏璧"。看着纯白无瑕、温润剔透、璧光盈袖的宝玉，秦王不禁啧啧称奇、赞叹不已。赏玩一番后，秦王便把"和氏璧"传给身旁的嫔妃和随从们观看。大家纷纷祝贺秦王得到如此的天下瑰宝。这时台观　　上，嬉笑声、欢呼声此起彼落。

21

蔺相如站在一旁静静等候，看着宝玉在秦王左右亲信的手中传来传去，却没有听到秦王提起交换城池的事。聪明的他看出来了，秦王根本没有交换的诚意。

突然，蔺相如对秦王说："大王，玉璧上有一处小瑕疵。"秦王从亲信手上接过宝玉，反复观看，却没法找到蔺相如说的"小瑕疵"，忙问："怎么？在哪儿？我怎么看不见？"蔺相如气定神闲地走上前，对秦王说："让我指给大王看吧！"秦王紧张地指示随从："快，把宝玉给他。"

蔺相如双手接过玉璧，慢慢往后退了几步，背靠堂上的柱子。他怒发冲冠，大声说道："大王派人送书信给赵王，说想以十五座城池换取'和氏璧'。我们大王召集群臣商量，大家都说秦国贪得无厌，想骗取我们的宝物，说是拿城池交换，实际上赵国根本拿不到城池。讨论的结果是不宜和秦国交换。但我认为普通百姓往来都不会相互欺骗，何况秦国这样的大国呢？再说，为了一块小小的'和氏璧'，让一个大国不高兴，这也是不应该的。"

25

"我们大王出于对秦国尊敬之意，还特别沐浴净身、不饮酒、不吃荤食，斋戒五天后，才派我捧着'和氏璧'来贵国，并呈上国书。出发前，赵王亲自把我送到堂下，并向我行礼。他为什么要这样恭敬呢？不就是尊重秦国是个大国，向您表达敬意吗？可是我来到贵国，大王却无视礼节，在这么一个普通的台观接见我。您拿到'和氏璧'后，又递给身旁的嫔妃看，分明是在耍弄我。我看出您根本不想给赵国城池，所以用计取回玉璧。"

蔺相如说话的同时，双手举起玉璧，眼睛瞄着旁边的柱子，说："大王如果硬要强夺'和氏璧'，那我今天就跟它同归于尽吧！"

眼看蔺相如就要往柱子撞过去，一向强势的秦王连声道歉，害怕他真的把宝玉弄毁。秦王急忙召来管事的人，指着地图说："就从这里到那里划十五座城给赵国吧！"蔺相如心中明白，秦王不过是在做做样子，估计赵国还是拿不到城池，于是他说："大王，'和氏璧'是旷世奇珍，赵王敬畏贵国，不敢不献给您。送璧之前，赵王曾斋戒五天。我请求

大王也斋戒五天，并且在大殿上举行隆重的受璧典礼，这样我才敢献上宝玉。"秦王看着眼前这位胆识过人的使者，明白此时无法强夺"和氏璧"，只好答应蔺相如净身斋戒的要求。

经历了在章台上与秦王的正面交锋后，蔺相如带着玉璧，与随行人员住进秦王安排的迎宾馆，等候五天后的受璧大典。

虽然成功争取到几天的缓冲时间，但蔺相如料想秦王终究还是会违背诺言。于是，他暗中安排随从人员换上简陋的粗布衣服，怀里藏着"和氏璧"，悄悄地抄小路返回赵国。

五天后，秦王在宫中举行隆重的迎宾大典，气氛严肃。只见蔺相如两手空空，不慌不忙地跟随秦国官员走进大殿。

蔺相如向秦王行礼后，说道："贵国自秦穆公（生年不详，卒于公元前621年）以来的几十位君王，没有一位信守过盟约。我实在害怕被大王欺骗而辜负赵王，所以让人先把'和氏璧'送回赵国了。秦国强大，赵国弱小，大王只要派一个小小使臣到赵国，我们便立即把玉璧送过来。贵国若把十五座城池割给赵国，赵国又怎么敢留着'和氏璧'，冒着得罪大王的风险呢？我知道欺骗大王应被诛杀，我愿意接受下汤锅受烹煮的刑罚。希望大王和各位大臣仔细考虑。"

蔺相如话才说完，秦王和左右大臣面面相觑，惊呼连连，瞪大眼睛，一副不可置信的样子。武士们上前，想把蔺相如拉去就刑。就在这时，秦王为了显示自己的气量，大手一挥，说："等等！现在就算杀了他，也得不到'和氏璧'，反倒破坏我们和赵国之间的关系。不如好好款待蔺相如，让他回赵国去。赵王难道敢因为一块玉璧而欺骗我们吗？"秦王最终仍按照礼节接待蔺相如。礼成后，让他平安返回赵国去。

蔺相如安然回到赵国。赵王认为他这次出使秦国表现杰出，不仅成功维护国家尊严，解除了战争危机，还保全了稀世珍宝"和氏璧"，于是擢升蔺相如为上大夫。秦赵两国此后也未再提起以城池交换"和氏璧"的事情。

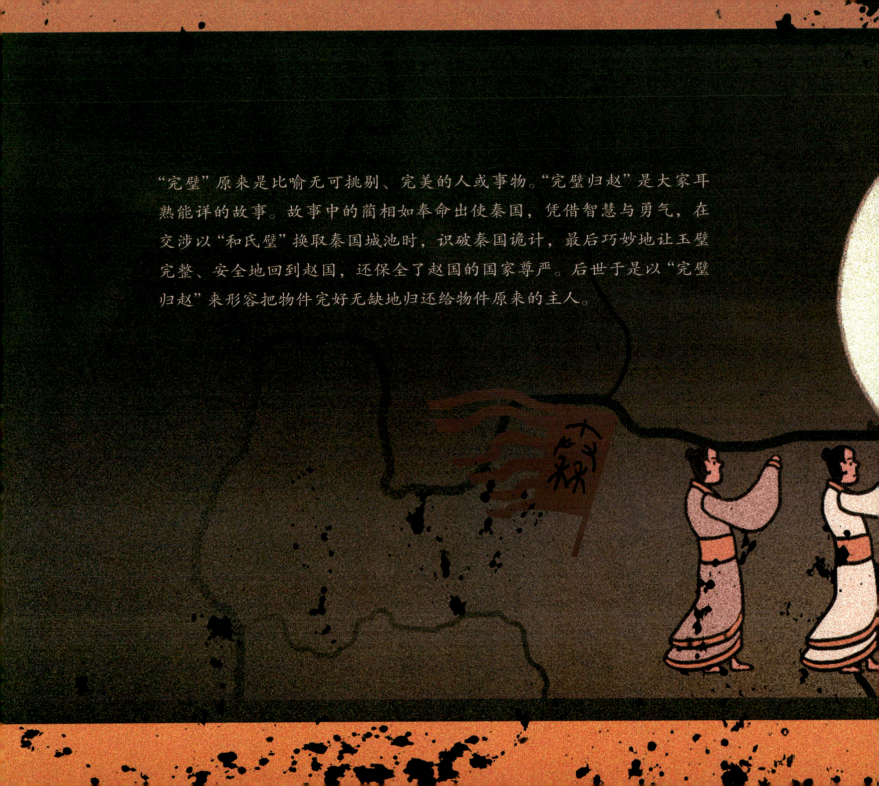

"完璧"原来是比喻无可挑剔、完美的人或事物。"完璧归赵"是大家耳熟能详的故事。故事中的蔺相如奉命出使秦国，凭借智慧与勇气，在交涉以"和氏璧"换取秦国城池时，识破秦国诡计，最后巧妙地让玉璧完整、安全地回到赵国，还保全了赵国的国家尊严。后世于是以"完璧归赵"来形容把物件完好无缺地归还给物件原来的主人。

图画知识

01
pp.6-7

臂甲

参考云南省江川县李家山出土铜臂甲，云南省博物馆藏。

02
pp.6-7

甲胄

战国时期的甲胄是将皮革裁成多片块状，以红色线绳组缀而成。参考湖北省枣阳市九连墩出土的皮胄与皮甲，湖北省博物馆藏。

03
pp.6-7

弓

参考湖南省长沙市月亮山41号墓出土竹制漆弓，湖南省博物馆藏。

04
pp.6-7

箭镞

参考湖南省龙山县里耶城址出土铜镞，湖南省博物馆藏。

05
pp.6-7

马匹

战国之前，战场上多以车战为主，唯仅适用于平原，无法驰骋于山间或崎岖地势；到战国时期，尤其赵武灵王提倡"胡服骑射"之后，才开始有骑兵列阵。参考河北省邯郸市赵王陵出土铜马，邯郸市博物馆藏。

06
pp.6-7

靴

上面有铜泡加强保护。参考辽宁省沈阳市郑家洼子出土皮靴复原图。据《中国古代军戎服饰》资料重绘。

07
p.7

组玉佩

为战国时期身份的表征，并具备君子的意象，以玉比君子德。参考湖北省江陵县纪城 1 号墓出土彩绘木俑，湖北省文物考古研究所藏。自制线绘图。

08
p.7

皮弁冠

弁，音同"变"。战国时期君王的头冠称为皮弁冠。冠用白鹿皮制成，且缝缀有五种不同颜色的宝石。据《新定三礼图》资料重绘。

09
pp.24-25

秦国军吏服装

参考陕西省西安市秦始皇帝陵出土军吏俑，秦始皇帝陵博物院藏。

10
pp.24-25

殳

殳，音同"书"。为战国时期侍卫的守备兵器。参考陕西省西安市秦始皇帝陵出土铜殳首，秦始皇帝陵博物院藏。

11
p.8

马车

为战国时期赵武灵王推行"胡服骑射"之前的重要交通工具。自赵武灵王始，骑马与乘马车为通用的交通方式。参考山东省淄博市临淄区淄河店 2 号墓 11 号车复原图。据《中国古代车舆马具》资料重绘。

城门

12 pp.8-9

参考战国时代的城郭都市图。据《战略战事兵器事典 1：中国古代篇》资料重绘。

宫殿

13 pp.10-11

战国时期的宫殿建立于夯土台上。参考赵王城龙台遗址照片，邯郸市博物馆藏。

14 pp.14-15

屏风

为战国时期室内装潢常用的摆饰。参考湖北省江陵县天星观1号墓出土彩绘木雕双龙座屏,荆州博物馆藏。自制线绘图。

15 p.17

席镇

当时人们室内活动为跪坐在席子上,为防铺席四角不平整,会用席镇放在席子的四角。参考湖北省枣阳市九连墩出土铜镇,湖北省博物馆藏。

16 pp.14-15

书案

参考湖北省随州市曾侯乙墓出土漆案,湖北省博物馆藏。自制线绘图。

17 p.16

玄端冠

为战国时期官员常戴的头冠样式。据《新定三礼图》资料重绘。

18 pp.16-17

曲裾深衣

为战国时期非常流行的服装样式。参考人物御龙帛画,湖南省长沙市子弹库楚墓出土,湖南省博物馆藏。

漆盒

参考湖北省江陵县雨台山 354 号墓出土漆盒，荆州博物馆藏。自制线绘图。

19
p.19

20
pp.20-21

觶

觶，音同"至"。为当时所用的饮酒器，即现在的酒杯。参考战国时期铜觶，北京大学赛克勒考古与艺术博物馆藏。

21
pp.20-21

豆

为当时常用的食器，因为金属较昂贵，所以一般平民用的是陶制的器皿，贵族才使用铜制者。参考错金卷龙纹豆，上海博物馆藏。

22
pp.20-21

席案

参考湖南省湘乡市牛形山楚墓出土彩绘圆涡纹案，湖南省博物馆藏。

23
pp.20-21

女子发式

战国时期女子的发式，有的是将头发梳向脑后，编成为一束垂于背后。参考河北省平山县中山国墓出土玉人，据《中国古代服饰研究》资料重绘。

24
pp.20-21

曲裾深衣

为战国时期流行的服装样式，男女皆可穿着。参考湖南长沙市仰天湖出土彩绘木俑。自制线绘图。

25
p.22

玉璧

为中国玉文化中的核心玉器，祭天时用的礼器。《尔雅》："肉倍好谓之璧。""肉"是指器体的边缘，"好"为器体中央的穿孔。边宽是孔径的两倍就是"璧"。参考河南省固始县侯古堆1号墓出土春秋时期玉璧，河南省文物考古研究所藏。自制线绘图。

26
p.28

女子发式

战国时期女子的发式，有的是将长发于头后挽起，用丝带扎成发髻。参考湖南省长沙市楚墓出土帛画，湖南省博物馆藏。

玉：远古时代，人们为了生存，与大自然辛苦搏斗。人们体会到，照耀万物的太阳掌握着宇宙的生机，他们认为天、地、日、月、山、川、草、木等都包含神的灵气，都由神祇主宰。在他们眼里，玉石是山川的精华，玉蕴含的"精气"能沟通神祇祖先。自新石器时代开始，玉石便与人们的日常生活相联，成为中华文化组成的重要部分。

玉器的种类和用途非常广泛，可分为礼器、乐器、仪仗、工具、用具、葬玉和装饰品。其中"玉璧"是最重要的玉器之一，除了可作为礼器和葬器，也是主要的装饰品。

不同形制的圆玉也有不同的含意。《荀子·大略》记载："问士以璧，召人以瑗，绝人以玦，反绝以环。"意思是说，向有才之士征求意见用玉璧作凭证，召见臣下用玉瑗作凭证，断绝君臣关系用玉玦作凭证，重新召回被贬的臣下则用玉环作凭证。此外，玉瑗也是一种用来牵引君王上台阶的用器，因为君王身份尊贵，不能让臣下直接接触肢体，所以在牵引君王时，要以玉瑗当作中间物。

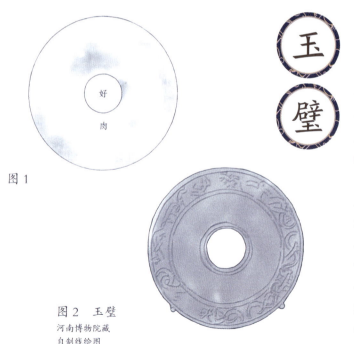

图 1

图 2　玉璧
河南博物院藏
自制线绘图

玉　璧

玉璧是一种圆板形、中央有孔的玉器。中国最早解释词义的书籍《尔雅》这样描述："肉倍好谓之璧。""肉"是指玉器的边缘部分，"好"为玉器中央的穿孔。意思是说，玉器边缘部分的宽度达到孔径的两倍，或是边宽比孔径大的，才能称得上是"璧"。（图1、图2）。

玉璧"圆中带圆、实中带虚"，在中国传统文化思维中，象征圆满、吉祥、美好的意愿，是古代文化中的核心玉器。古时候，玉璧为祭天的礼器。古人认为天圆地方，天是苍色，即青色。儒家经典《周礼》中提到"苍璧礼天"，就是用青色、无纹饰的玉璧来祭拜苍天。完成祭典后，再将玉璧用火烧、土埋、水沉的方式献给神祇。玉璧亦可作为身份的象征，古时候的贵族朝聘、丧葬礼仪等，使用玉璧都有一定的规范。

如同前面提到的，自新石器时代中期，玉璧就开始发展，从新石器时代到战国时期，玉璧的形制、纹饰都有着不同变化。新石器时代中期到晚期的玉璧，形制较小，光素无纹，外轮廓则因为"截方取圆"的制作方式，较不圆整。且除了圆璧之外，这时期还流行"连璧"，有二连璧（图3）、三连璧，有的甚至到四连璧。

到了新石器时代末期至夏代时期，玉璧的形体较大，以中型璧、大型璧居多，外轮廓也较为圆整（图4）。这时期的玉璧仍以素面为主，但有部分在表面或边缘刻有鸟纹等可能与天象有关的符号。古人的图像中常以"鸟"代表太阳，而圆璧的创形理念，可能就是先民想象太阳在天空行移的圆形轨迹。此外，有的玉璧在中间孔缘增加凸领，成为"有领璧"。到了商代中晚期，"有领璧"非常流行（图5）。

图5　有领璧
花园庄墓出土
自制线绘图

图3　二连璧
中国国家博物馆藏
自制线绘图

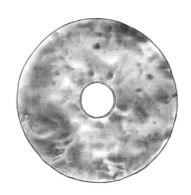

图4　玉璧
中国国家博物馆藏
自制线绘图

商代和西周时期，玉璧仍以光素无纹居多；进入东周时期之后，玉璧的雕刻纹饰大为增加，而且因为儒家的关系，赋予玉璧更多文化内涵。色泽美丽温润、坚韧的美玉制成的玉璧，是当时用于馈赠的重礼。后来出现尺寸较小的玉璧，则被制成佩玉。在战国时期，因受儒家思想的影响，佩玉成为重要而且流行的饰物，既是身份的标志，也是君子的象征。当时甚至有"君子无故，玉不去身"的观念。由此可见，当时的人喜欢佩戴玉，尚有另一层意义。

战国时期的玉璧，工艺技术高超，在玉璧发展史上起了承先启后的重要作用。当时的玉器基本都有纹饰，纹样构图精美、表现手法丰富多变，充满美感。因为琢玉工艺的提升，战国时期发展出不同款式的玉璧，大致可分为圆形璧、出廓璧和重环璧三种。

圆形璧正中有圆孔，是数量最多和最常见的一类玉璧。这类玉璧有的器表光素无纹，有的表面布满纹饰，例如曾侯乙墓出土的一件玉璧，表面有浅浮雕云纹，间杂了谷纹（图6）。

图 6　云谷相杂纹玉
湖北省随州市曾侯乙墓出土
湖北省博物馆藏
自制线绘图

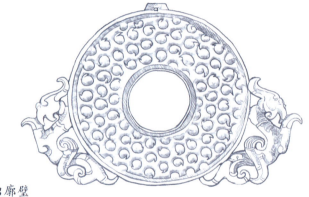

出廓璧在战国时期才开始出现。中间是圆形的玉璧，侧边的玉料另作造型，名为"出廓"。出廓的部分，有的在圆形璧的一端，也有的在圆形璧的两侧。例如山东曲阜出土的双凤谷纹璧，圆璧的部分有浅浮雕谷纹，两侧则有凤形附饰（图7）。

图 7　出廓璧
山东曲阜出土
自制线绘图

图 8　重环谷纹玉璧
上海博物馆藏
自制线绘图

重环璧是战国时期出现的另一款新式玉璧，是在圆形璧的孔内，再镂雕出一个同心圆璧，呈现大玉璧中包含小玉璧的重环形状。例如上海博物馆藏的一件重环谷纹玉璧，内外两圈重环形，玉器表面布满谷纹（图8）。

战国时期，因为琢玉工艺的提升，发展出以上不同款式的玉璧，并为当时人的重要配饰，同时也反映出当时人的生活风尚。

和"玉璧"相像的佩玉，有"玉环"和"玉瑗"，我们可以从边宽与孔径的比例来辨别它们。《尔雅》说："好肉若一，谓之环。"如果孔径和边的宽度相等，就称为"环"（图9）；"好倍肉，谓之瑗"，如果边窄而孔径大，则称为"瑗"（图10）。另外还有一种圆玉叫做"玦"（图11），形制和玉环相仿，只是边缘有缺口。而这个缺口，让玉玦有断绝的含义。

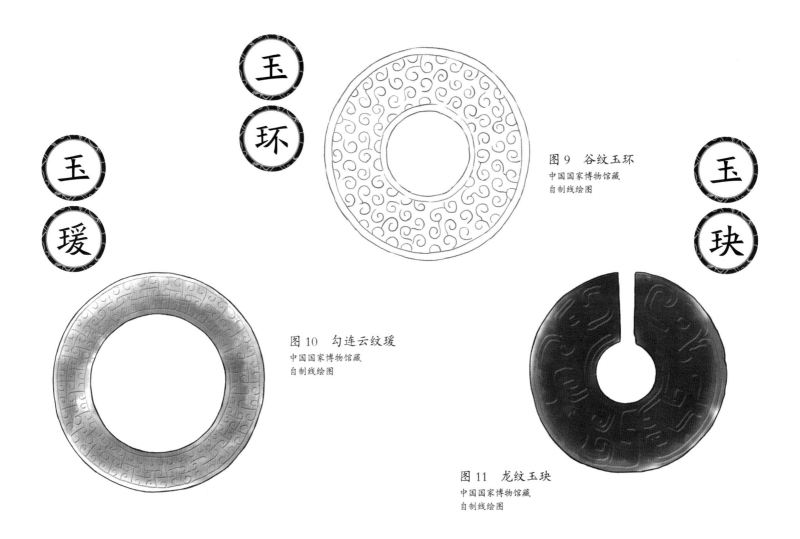

图 9　谷纹玉环
中国国家博物馆藏
自制线绘图

图 10　勾连云纹瑗
中国国家博物馆藏
自制线绘图

图 11　龙纹玉玦
中国国家博物馆藏
自制线绘图

49

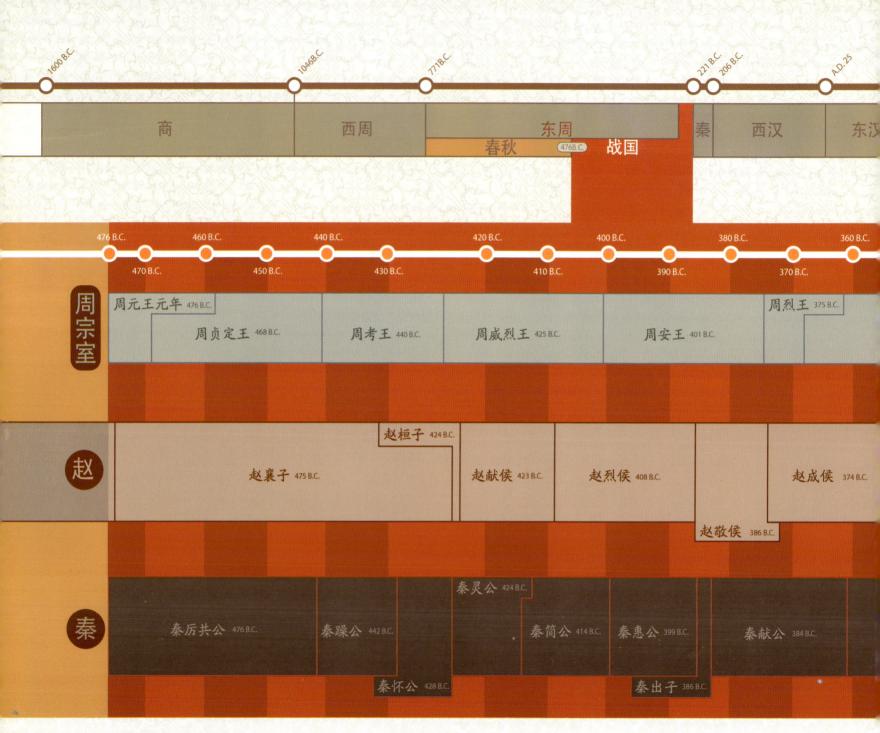

春秋 476 B.C. 战国

1600 B.C.	1046 B.C.	771 B.C.		221 B.C.	206 B.C.	A.D. 25
商	西周	东周		秦	西汉	东汉

周宗室

周元王元年 476 B.C.		周烈王 375 B.C.
周贞定王 468 B.C.	周考王 440 B.C.	周威烈王 425 B.C.	周安王 401 B.C.

时间轴：476 B.C. · 470 B.C. · 460 B.C. · 450 B.C. · 440 B.C. · 430 B.C. · 420 B.C. · 410 B.C. · 400 B.C. · 390 B.C. · 380 B.C. · 370 B.C. · 360 B.C.

赵

赵桓子 424 B.C.
赵襄子 475 B.C.　　赵献侯 423 B.C.　　赵烈侯 408 B.C.　　赵成侯 374 B.C.
赵敬侯 386 B.C.

秦

秦灵公 424 B.C.
秦厉共公 476 B.C.　　秦躁公 442 B.C.　　秦简公 414 B.C.　　秦惠公 399 B.C.　　秦献公 384 B.C.
秦怀公 428 B.C.　　秦出子 386 B.C.

50

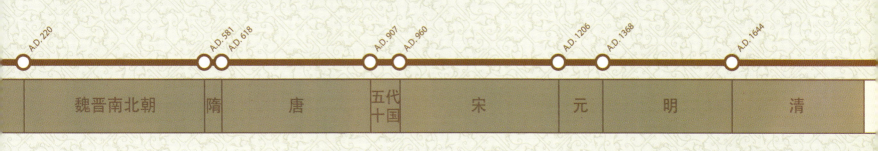

魏晋南北朝　隋　唐　五代十国　宋　元　明　清

A.D. 220　A.D. 581　A.D. 618　A.D. 907　A.D. 960　A.D. 1206　A.D. 1368　A.D. 1644

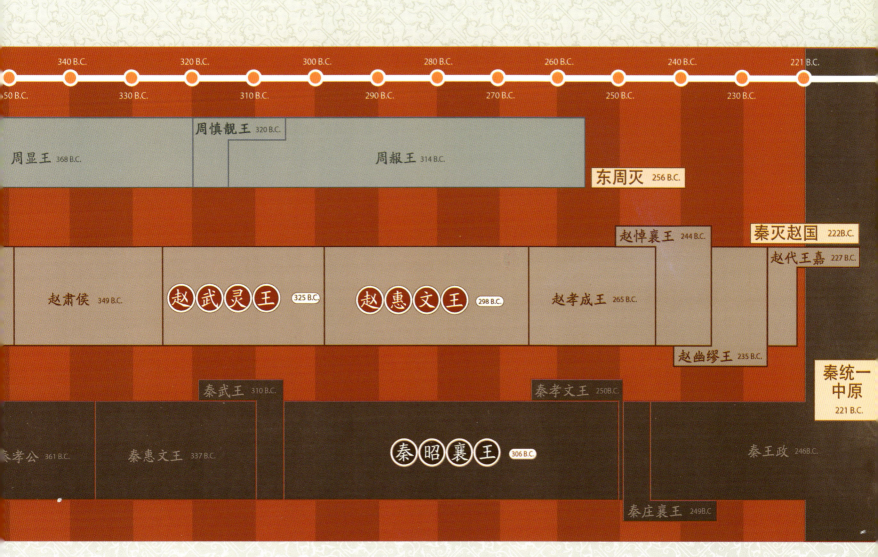

350 B.C.　340 B.C.　330 B.C.　320 B.C.　310 B.C.　300 B.C.　290 B.C.　280 B.C.　270 B.C.　260 B.C.　250 B.C.　240 B.C.　230 B.C.　221 B.C.

周显王 368 B.C.

周慎靓王 320 B.C.

周赧王 314 B.C.

东周灭 256 B.C.

赵悼襄王 244 B.C.

秦灭赵国 222B.C.

赵代王嘉 227 B.C.

赵肃侯 349 B.C.

赵武灵王 325 B.C.

赵惠文王 298 B.C.

赵孝成王 265 B.C.

赵幽缪王 235 B.C.

秦武王 310 B.C.

秦孝文王 250 B.C.

秦统一中原 221 B.C.

秦孝公 361 B.C.

秦惠文王 337 B.C.

秦昭襄王 306 B.C.

秦王政 246B.C.

秦庄襄王 249B.C.

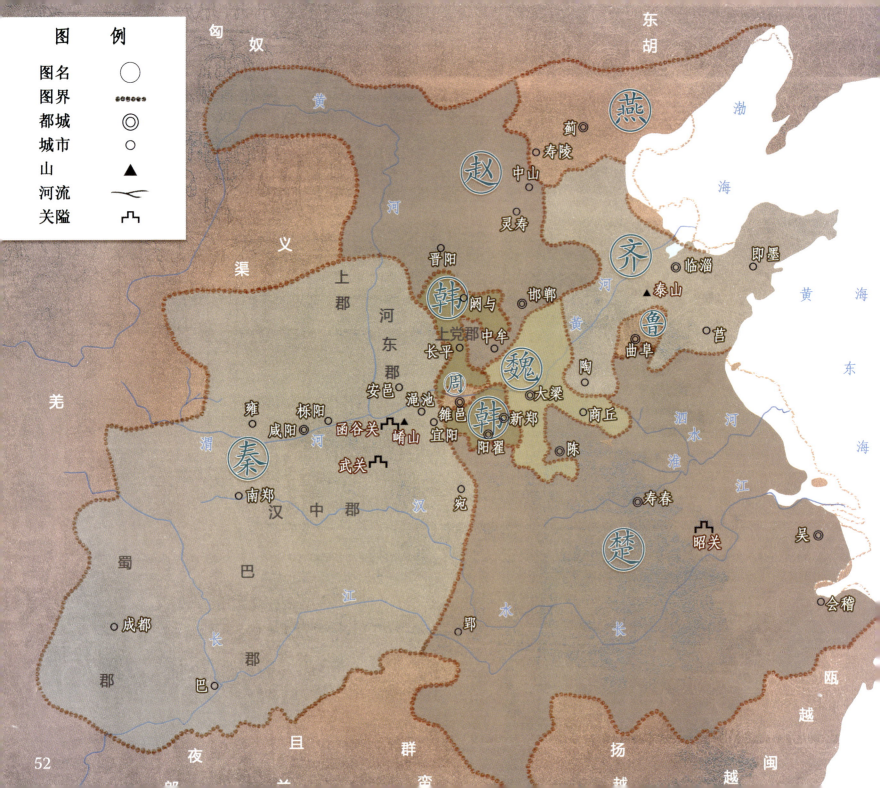

图　例

图名城　　○
图界城市　●●●●●●
图都城市　◎
城市　　○
山　　　▲
河流　　〜
关隘　　凸

匈奴

东胡

燕

蓟
寿陵

赵

中山

齐

临淄
即墨

灵寿

泰山

晋阳

韩

阏与
邯郸

鲁

莒

曲阜

上郡

上党郡

中牟

陶

渭

义渠

河东郡

长平

魏

大梁

商丘

安邑
渑池

周

河

雍
栎阳

函谷关
崤山

雒邑
韩
宜阳

新郑
阳翟

陈

秦

咸阳

武关

南郑

宛

泗水

河

江

淮

蜀

汉中郡

汉

寿春

昭关

吴

楚

成都

巴郡

黄

海

渤

海

东

海

巴

江

长

郢

会稽

羌

夜郎

且兰

群舸郡

扬越

瓯越

闽越

参 考 书 目

· 丁哲、李思雨,《战国时期的玉璧》,《收藏界》137: 35-40, 2013。

· 何琳仪,《战国古文字典》, 北京: 中华书局, 1998。

· 沈从文,《中国古代服饰研究》, 上海: 上海书店, 1997。

· 邯郸市博物馆,《赵都风韵》, 北京: 科学出版社, 2007。

· 桑田悦等著, 张咏翔译,《战略战术兵器事典1: 中国古代篇》, 新北市: 枫树林, 2011。

· 杨宽,《战国史》, 台北市: 台湾商务印书馆, 1997。

· 杨宽,《战国史料编年辑证》, 台北市: 台湾商务印书馆, 2002。

· 刘永华,《中国古代车舆马具》, 上海: 上海辞书出版社, 2002。

· 刘永华,《中国古代军戎服饰》, 北京: 清华大学出版社, 2013。

· 邓淑苹,《璧的故事(上)》,《大观》58: 24-37, 2014。

· 邓淑苹,《璧的故事(下之一)》,《大观》60: 50-61, 2014。

· 邓淑苹,《璧的故事(中)》,《大观》59: 44-57, 2014。

· 韩兆琦注译,《新译史记》, 台北市: 三民书局, 2012。

· 〔宋〕聂崇义,《新定三礼图》, 北京: 中华书局, 1992。

后记

　　我们现在处于一个知识琐碎、资讯泛滥的年代，如何引导青少年有兴趣、有系统地阅读既悠久又浩瀚的中华历史与文化，是我们在编写这套书前，一直在思考的问题。

　　我在博物馆界工作的四十多年经验中，尤其在故宫博物院工作期间，为年轻人设计及举办了不少活动与展览，深刻体会并发现这一代年轻人是在视觉影像环境中长大的。他们对图像、动画的喜爱与敏感，将是他们学习最直接、最有效的媒介。

　　于是我们决定将中华文化以故事形式、图画手法、有系统地编写出版。《图说中华文化故事》为此诞生。

　　本丛书力求做到言必有据，插图中的人物、场景、生活用器、年表、地图皆有严谨考证，希望呈现不同时期的历史、地理、时尚、生活艺术、礼仪与背后的文化内涵。第一套推出的是战国时期赵国的成语故事，共十本，并辅以导读，把赵国的盛衰、文化特质、关键战役、重要人物及艺术发展逐一介绍，以便把十个成语故事紧密扣合，统整串合成赵国的文化史。

　　《图说中华文化故事》希望让全球的青少年有机会认识中华文化丰富的内涵，进而学习到其中蕴含的智慧。这是我们团队编写这套书最大的期盼与目的。

　　最后，本丛书第一辑"战国成语与赵文化"所用出土文物照片，承蒙上海博物馆、秦始皇帝陵博物院、湖北省博物馆、湖南省博物馆、邯郸市博物馆、中国国家博物馆、襄阳市博物馆、河北省文物研究所、河南博物院、云南省博物馆、陕西历史博物馆、四川博物院、北京故宫博物院、鸿山遗址博物馆及北京大学赛克勒考古与艺术博物馆惠予授权使用，在此谨致谢忱。

周功鑫

2014 年 11 月于台北

主编简介

周功鑫教授，法国巴黎第四大学艺术史暨考古博士，现为辅仁大学博物馆学研究所讲座教授。曾任台北故宫博物院院长（2008.5—2012.7）、辅仁大学博物馆学研究所创所所长（2002—2008）。服务故宫及担任院长期间，曾创设各项教育推广活动与志工团队，并推动多项国际与两岸重量级展览与学术研讨活动，其中"山水合璧——黄公望与富春山居图特展"（2011），荣获英国伦敦 *Art Newspaper* 所评全球最佳展览第三名，及台北故宫被评为全球最受欢迎博物馆第七名。由于周教授在文化推动方面的卓越贡献，先后获法国文化部颁赠艺术与文化骑士勋章（1998）、教宗本笃十六世颁赠银牌勋章及奖状（2007）及法国总统颁赠荣誉军团勋章（2011）等殊荣。

书　　名　图说中华文化故事3
　　　　　战国成语与赵文化　完璧归赵

主　　编　周功鑫
原创制作　小皮球文创事业
艺术总监　纪柏舟
统　　筹　金宗权　许家豪

研究编辑　张永青　　　　　场景设计　纪柏舟
资讯管理　林敬恒　　　　　绘　　画　张可靓　王彩苹　周昀萱
撰　　文　郑如芳　　　　　锦地纹饰　刘富璁
人物设计　纪柏舟

出 版 人　陈　征
责任编辑　李　霞　毛静彦
印刷监制　周剑明　陈　淼

出　　版　上海世纪出版集团　上海文艺出版社
　　　　　200020　上海绍兴路74号
发　　行　上海世纪出版股份有限公司发行中心
　　　　　200001　上海福建中路193号　www.ewen.co
印　　刷　北京一鑫印务有限责任公司
版　　次　2015年11月第1版　2019年3月第4次印刷
规　　格　开本889×1194　1/16　印张3.5　插页4　图文56面
国际书号　ISBN 978-7-5321-5927-7/J·406
定　　价　32.00元

图书在版编目（CIP）数据

完璧归赵 / 周功鑫主编. —上海：上海文艺出版
社，2015.11（2019.3 重印）
（图说中华文化故事. 战国成语与赵文化）
ISBN 978-7-5321-5927-7

Ⅰ.①完…　Ⅱ.①周…　Ⅲ.①汉语—成语—故事
Ⅳ.① H136.3

中国版本图书馆 CIP 数据核字（2015）第 238405 号